AF537092

LO QUE ESCONDE EL ALMA

MARÍA RODRÍGUEZ

Impresión y editorial: BoD – Books on Demand
info@bod.com.es – www.bod.com.es
Impreso en Alemania – Printed in Germany
ISBN: 9788411741989

Bienvenidos a los que
por alguna razón,
os cautivé, o que, por algún motivo,
llamé vuestra atención.
A los que quisieron saber que escondían
mis líneas.
A los que, de alguna forma,
estáis aportando un granito de arena
a estos versos que me salen del corazón.
Bienvenidos a un recorrido entre líneas.
Líneas que esconden lo que mi alma habla.

I.

Un sol radiante.
Un cielo despejado.
El corazón,
siempre lleno de vida.
Sonrisa con luz propia.
Como princesa de cuento,
rodeada de primavera.
El cantar de unos
simpáticos canarios la
envuelven y se ríe.
Baila al compás de la brisa.
María lo era todo.
Se veía espléndida.
Miradas que se cruzan.
Corazones que laten.
Palabras que atrapan
a una niña enamorada.

Ilusionada se arregla,
se maquilla,
se pinta sus labios de rojo.
Los tacones altos,
le fascinan.
Le encanta arreglarse,
para gustarle.
Sueña con el momento en
que le diga guapa.
¿Y se lo decía?
A regañadientes.
Pero no pasa nada.

Mañana otro día será.
Con cariño le coge una mano
y le acaricia la cara.
¿Y él?
¿Muestra algún tipo
de cariño hacía ella?
Él nada.
Pero no pasa nada.
Mañana será otro día.

Un bonito vestido,
con alguna transparencia.
María ilusionada,
deseando que él
pusiera sus ojos en ella,
para poder enseñarle,
lo atractiva que se sentía.
Pero no fue como pensó.
Las tinieblas llegaron.
El aire sopló con
una gran fuerza.
Y como truenos de su boca,
salieron estas bajezas.
¿Dónde vas así?
¿Y esos tacones?
¿Y esos labios?
¿Qué te crees?
El cielo de María
ya no era tan celeste.
Pero el sol,
aún le brillaba.

Aunque de lejos, pero,
no pasa nada.
Ella siempre pensaba
en silencio que
no sería con mala intención.

Días y días
pasaban, y ella,
seguía con su dulce y
simpática sonrisa.
Intentaba agradarle.
Todo lo que a él
le gustaba,
todo lo que él quería,
daba igual lo que
ella pensara.
Ella lo hacía.
Palabras de ida,
y de vuelta.
Palabras que vienen,
y que se van.
Promesas falsas.
Sueños frustrados.
María empieza a despertar.
Pero leve.
Algo siempre la
retiene junto a él,
con el pensamiento
de que todo tiene
alguna explicación.
Vive encerrada en un castillo.
Agobiada, las paredes

le hablan.
El techo se le cae encima.
Escusas quimeras,
que ella cree.
Ilusiones que inventaba
para alegrar a su corazón.
Pero al final sabe
que vive engañada.
Pero no lo acepta.
Discusiones que comienzan en
paseos rutinarios.
¿Quién es él?
¿Por qué le hablas?
¿Ya estás "zorreando"?
Palabras que hieren.
Un corazón que
se deteriora.
Pero no pasa nada,
eso no es nada.
Un simple mosqueo.
Ya se le pasará.

Días nublados.
El sol ya no calienta.
Se siente sola.
Su interior está
lleno de un vacío,
frío y desolador.
Sus primeras lágrimas
comienzan a recorrer
su hermoso rostro,

ese que ya no maquilla
por miedo a escuchar
una palabra malsonante
de su boca.
Aquel que se ve apagado,
con ojeras, triste y
cabizbajo.

Cenas que transcurren
en un jaleo musical
de voces y reproches.
Iniciativas que se
veían frustradas por
el ego de un señor
que sólo quería quedar
por encima de ella.
Al que le daba igual
pisotear si con ello,
se alzaba con la victoria.

La vergüenza al
qué dirán, más la
atrapaba en un
océano revuelto y confuso.
Inmensas noches
en soledad.
Su refugio,
su trabajo.
Ahí sentía que
su vida se paralizaba.
Como si estuviera dentro
de una burbuja.

Pobre ilusa.
Como una pompa de
jabón era ella, que con
una leve brisa podía
explotar.
Ahí nada le dañaba.
Ahí reía y se olvidaba.
Pero la vuelta a casa
era inminente.
Nervios que le recorrían
por todo el cuerpo.
Incertidumbre de no saber
qué problema le esperaría
al cruzar la puerta
de su realidad.
¿Qué hago aquí?
¡No quiero seguir así!
Se sentía atrapada en
un cuerpo y en una historia
que no le pertenecían.
Que a nadie le debería de
pertenecer.
Pero el miedo la paralizaba.
El volver atrás,
la sensación de fracaso en
su vida, no quería.
Su mente estaba sometida.
Ya no se arreglaba, ni
en un espejo se miraba.
No se gustaba.
Agradarle a él,

era el resumen de
de su triste vida.

Evitaba discusiones.
Evitaba palabras ofensivas.
A todo lo que le pedía,
ella decía que sí.
Cruzar la línea,
sinónimo de discusión.
Voces altas, fuera de lugar.
El señorito en pie, con
actitud de superioridad.
Y ella con su cabeza agachada.
Sin voz.
Muda.
Muerta en vida.
No se valoraba.
No sentía.
Ya no lo quería,
pero ahí estaba.
Inmóvil.
Manos atadas.
En una relación que
le hizo perder su
personalidad.
En una relación que
anuló su forma de pensar.
En una relación donde
perdió sus principios,
donde se olvidó de
valorar su vida.
Dónde olvidó quién

era María.
La luz de la esperanza.
Entre bambalinas se
escondía,
un poco tímido,
el amor de su vida.
La alegría a su vida
se acercaba, pero el
horror aún acechaba
en la puerta.

El cielo se cubrió
de nubes grises,
tenebrosas.
Una gran tormenta se
acercaba.
Un rayo cayó, y
el sonido del trueno
hizo añicos su corazón.
Una mano se alzó,
y temblorosa huyó
hacia su refugio.
Indefensa, se vio atacada
por un ser despreciable.
Sólo se escuchaban voces,
gritos y golpes en la mesa.

Esperando un nuevo amanecer,
en su habitación estaba encerrada.
Rezando para que él
no entrase.

Lloraba y lloraba.
No había nadie que le
dijera que todo saldría bien.
Y cuando el cielo abrió,
como un duende silencioso
sus cosas recogió rápidamente.
Angustiada y temblorosa.
Por favor, que no se
vaya a despertar.

Jamás pensó que todo
aquello le pasaría.
Pero pasó y terminó.
El telón de una mala obra
bajó para no subir jamás.

Lamentos y más lamentos.
No has amado.
No has cuidado.
No has curado.
No has escuchado.
Sólo has matado.
No tienes derecho a lamentaciones.
No es no.
Por fin se acabó.

El calor de un abrazo,
la escucha de una familia.
El desahogo, sacarlo
todo de su interior.
Sentirse arropada, fue
la mejor sanación.

María volvió a ser la
que siempre fue.
Estaba llena de vida.
Era imparable.
Ya nadie la volvería
a romper.
Su princesa, su bebé.
Su diosa, su bombón.
La mujer más maravillosa
del mundo.
Todo y más era para él.
Un ángel que se cruzó
en su camino.
Una persona que le
demostró el significado
de la palabra amar.
Saber que es la libertad.
La confianza.
¡Oh, Dios! Qué felicidad.
Su vida se llenó de luz.
Su piel desprendía alegría.
Siempre ríe.
Es feliz.

Historias que ocurren
a lo largo de los días.
Historias que mayormente,
se quedan silenciadas.
Una realidad contada.
Años de sumisión que por

suerte, tuve coraje y me fui.
Mi historia y mi vida.
Ahora solo me queda,
seguir siendo feliz.

II.

Algodón de azúcar, piel de canela.
Dulce encanto, a tu lado
una vida entera.
Risas y risas, entre miradas pícaras.
Te como la vida.
Me diste la luz.
Contigo alcancé la cima.
Llegué a las estrellas, y
me quedé inmersa en un universo
de pura felicidad.
Besos, caricias, lujuria.
Todo y más.
Siempre contigo.
Siempre de la mano.
La vida contigo es
sinónimo de libertad.

III.

El amanecer,
ver el sol radiante.
Sentir sus rayos mañaneros
posarse en mí.
Acariciar el calor.
Un placer que nos da
la vida.
Cerrar los ojos,
sentir la brisa del mar, el sonido
de las olas cuando
rompen en la orilla.
La piel llena de salitre.
Sentir como te pica la arena
cuando choca contra tu piel de manera
violenta.
El masaje en tus pies
al andar descalza por la orilla.
Privilegios que tenemos.
Disfrutar de estar viva.

IV.

Alza la voz,
sé libre.
No te encierres en
una realidad oscura.
Lucha por tus creencias, por
tus vivencias.
La vida sólo es una.
Una oportunidad de vivirla.
Hazlo a tu manera.
Gózala a tu elección.
Ríe y ama.
Sin más.
Sin dar una explicación.

V.

Sus ojos de chocolate,
su pelo negro,
su piel morena y suave.
Su corazón bondadoso,
su templanza y
su filosofía de vida.
Mucho más, me
enamoró aquel día.
Yo no sabía y
ni siquiera imaginaba,
que con gran delicadeza
mi corazón él guardaría.
Y que el suyo me entregaba,
hasta el fin de nuestros días.
En el más allá el amor
nunca se acaba,
es eterno, es infinito.
Tú y yo, nuestro amor.
El más bonito.

VI.

Otra noche sin dormir.
Otra noche más sintiendo
como la ansiedad me consume.
Mareada de tantas vueltas
que le doy al coco.
Cansada.
Deprimida.
Enfadada.

VII.

Pensar que es más fácil
tirar la toalla,
quedarte en la cama.
Hacerte una bola debajo
de la manta y esconderte ahí.
Días y más días.
Y no aparecer.
Vivir en un paréntesis.
Sola, sin ruido, sin voces.
Un refugio para no pensar.
Un lugar donde poder respirar.
Donde sentir paz.

VIII.

Hoy es un día de esos,
de los que te levantas
con fuerza,
de los que la vida,
hoy sí la tomas con ganas.
De los que decides
que hoy se acaba
esa mala pata.
Esa que te ha invadido
los últimos años.
Esa etapa de tu vida
que pensabas que no acababa.
Años y años de una
guerra perdida.
De lágrimas derramadas.
De justificaciones de
actos injustificables.
De acciones sin sentido.
De sumisión total.

IX.

¿Qué es el amor?
Es algo bonito sí,
pero también puede ser triste.
Es un sentimiento por
el que hay que luchar,
trabajar, innovar.
Hay que alimentar la sed
de amar.
Hay que mimar.
No lo dejes caer en el olvido.
No lo descuides,
porque puedes llegar a perderlo.
Tener un amor y que sea correspondido,
es un regalo de la vida.
Te aporta una absoluta felicidad.
Aunque también te llena de miedos,
de dudas, de incertidumbre...
¿Y si lo pierdo?
¿Y si deja de quererme?
No lo pienses.
Vive y disfrútalo.
No dejes escapar la oportunidad
de amar por el simple hecho del
qué dirán.
Que nadie te diga a quién puedes o
a quién debes entregar tu amor.
Da igual edad, color, tamaño,
género, lo que sea.
Que sea un corazón puro, que te llene de
una vida cargada de alegrías

y de mucha sabiduría.
Que te alimente de bien.
Que te haga crecer.

X.

La ansiedad.
Que palabra más compleja.
Pero ¿qué es?
¿Cómo la definirías?
No lo sé.
Yo solo podría describir
mi propia verdad.
Ansiedad que dura eres,
que mal sientas.
Cómo dueles.
Qué daño haces sin ser visible.
Cuánta presión en el pecho.
Cuántas lágrimas derramadas.
Ojos hinchados y almohada mojada.
Sin saber un por qué.
Sumergirte en un suspiro profundo,
creyendo que así,
todo acabará.
Pero te das cuenta de que no.
La noche llega y ahí
la vuelves a tener.
Ahí está presente. No se va.
Es una lucha diaria.
Es un duelo a muerte.
Pero siempre pierdes la partida.
Tranquilo, todo pasa.
Pronto ganarás la batalla.

XI.

Y siento que ya ni siento.
Que ni escucho, ni padezco.
Que el mal que me hiciste,
la vida te lo devolverá si así
es su cometido.
Ya no me importa lo que pienses,
o lo que algún día pensaste.
Si fui buena o fui mala.
No eres nadie para haberme juzgado.
¿Piensas que eres mejor persona que yo?
A veces es necesario mirarse en un espejo.
Cerrar los ojos y reflexionar sobre
lo que somos por dentro.
Fácil es criticar. Sí. Pero a otro.
Sé crítico contigo.
Júzgate tú primero y ya hablaremos.
Pero te digo algo,
nunca serás perfecto.

XII.

Lo que esconde el alma.
Mi alma, muchos
sentimientos encontrados.
Sentimientos maniatados que quieren
salir, pero se enredan.
Se amontonan.
No salen y se quedan atrapados.
Oprimiendo y asfixiando.
Leve respiro tranquilizador.
El amor de las personas que me rodean.
Momentos de la vida, circunstancias
que te hacen estar arriba o abajo.
Estados de ánimos que hay
que saber sobrellevar.
A veces es complicado, a veces solo
quieres quedarte abajo.
Pisa fuerte. Sé valiente.
No mires atrás y coge carrera.
Fuera te espera una vida
llena de sorpresas.

XIII.

Apartar a personas que llenan
de toxicidad tu vida.
Tu día a día hasta llegar a consumirte.
Sientes que, de una manera fugaz,
dejas de ser la persona que eras.
Todo negro. Todo mal. Todo negativo.
Ya nada tiene sentido.
Algún despiste casual,
alguna broma sin maldad.
Nada te parece bien.
No le ves el color a la vida.
Y por más que quieres,
siempre se tiñe de negro.

XIV.

Quizás hoy sí sea.
Quizás hoy me levante con una sonrisa.
Quizás hoy vea la vida del color que
me apetezca pintarla.
Quizás hoy camine por la calle como
si un camino de flores fuera.
Quizás me llene de valor para afrontar
de nuevo la vida.
Quizás tenga el valor y la fuerza necesaria.
Quizás crea que sí.
Quizás.

XV.

Parece que me susurran.
¿Qué es?
Es mi yo interior.
¿Y qué te dice? Me dice que la vida
es muy corta,
que no pierda el tiempo en pensar tanto.
Que me guíe por el corazón y
por mi intuición.
Que sea simplemente yo.
Que todo fluya.
Y así, llegaré al lugar soñado.

XVI.

Por fin respiro.
Sentir como el aire entra y recorre
todo mi cuerpo.
Como se distribuye por cada milímetro
de mi ser.
Agradecida de poder sentir libertad
en mi interior.
Llenarme de positividad.
Sí se puede.
Sólo tienes que querer y lo conseguirás.

XVII.

De vuelta a la vida, sin mirar atrás.
Sin pensar mal de nadie.
Sin ver malas partes.
Llenarme de optimismo.
Sonreírle a la vida.
Soñar y creer en mis sueños.
Luchar por ellos y que no queden
en el vacío.
Que si no salen que no sea porque no lo
intentaste.
Disfrutar del presente porque la vida es:
ahora o nunca.

XVIII.

Y descubrí que la vida, es más bonita
si la disfrutas.
Es más fructuosa si la
exprimes al máximo.
Es mejor, siempre que evites lo
tóxico.
Es aprender a ver el lado bueno.
Y, por ende, a comprender sin invadir
el malo.
Que, de lo malo, también se aprende.
Porque la vida es un aprendizaje de
experiencias.
Experiencias que, a lo largo de los años,
nos dan la esencia que tenemos.

XIX.

Si sé amar es gracias a ti.
Tú me ensañaste lo que significa el amor.
Tú que nunca antes lo habías sentido.
Ahora sé que se puede amar y ser libre.
Que el amor no ata, sino que da alas.
Y tú me distes las más grandes.
Contigo vuelo al metaverso. A un lugar
al que nadie nunca llegará.
Sólo tú y yo. En nuestro pequeño mundo.
Donde la confianza lo es todo,
donde tus besos dan luz a mi vida y
donde tus abrazos me sanan
el alma.

XX.

Poema número veinte.
Porque el veinte es especial.
Tanto o igual que un corazón morado.
Y es que el morado a mí me encanta.
Por mí, que todo esté repleto de
corazones morados, porque te
representan a ti.
A ti y a tus locuras, que también a tus
encantos y virtudes, o a tus reflexiones
de la vida que tanto hacen pensar
y recapacitar.
Tú, mi salvavidas.
Siempre tú.

XXI.

¿Y qué es la vida sin vosotros?
Sangre de mi sangre.
Suerte entre las suertes.
Mis padres me habían regalado antes de
nacer, y después de estar en este mundo,
a lo más maravilloso. Mis hermanos.
Siempre a pie de cañón,
siempre ante alguna caída,
siempre formando una piña.
¿Qué más puedo pedir?
Sois mi vida. Mi corazón tiene pedacitos
de vosotros. Por eso, está tan lleno de
amor. Un amor puro, limpio e
incondicional.
Un amor que sólo te pueden inculcar unos
padres. Los mejores.
Un amor fraternal de los de verdad.